KB070931

그랬었지

그랬었지

―

초판 1쇄 2015년 11월 25일
지은이 강인순
펴낸이 김영재
펴낸곳 책만드는집

―

주소 서울 마포구 양화로3길 99 4층 (04022)
전화 3142-1585·6
팩스 336-8908
전자우편 chaekjip@naver.com
출판등록 1994년 1월 13일 제10-927호
ⓒ 강인순, 2015

* 이 책은 2015년도 경상북도 문예진흥기금을 지원받아 제작되었습니다.

―

ISBN 978-89-7944-555-8 (04810)
ISBN 978-89-7944-354-7 (세트)

책 만 드 는 집
시인선 077

그랬었지

강인순 시집

책만드는집

네 번째 시집을 엮어 낸다.
정제된 형식의 아름다움에 혹해
시마詩魔 속에서 30여 년,
더불어 교직 40년을 뒤돌아보며…….

묵은 때를 벗기려 나름대로 감성과 사유의 날을 벼려
더러는 고치고 다듬어도 보았다.
길은 아득하다.

또다시 부끄럽다.
그러나 시조의 아름다움을 오래도록 사랑하고 싶다.

－이천십오년 십일월 가을날
강인순

| 차례 |

2부 그랬었지

3부   안동 소주

4부 입동 무렵

1부

어떤 봄날

호떡 하나

옛것을 투망하는 인사동 길모퉁이

잃은 시간 찾다 말고 입에 문 호떡 하나

쉰 나이 어색한 풍경 한낮의 유상 급식

길 위에서

길을 가다가 잠시 길을 잃어버리고

걸어온 길 돌아보며 허둥대며 길 찾는다

세상사 눈먼 사내는 푸념만 늘어놓고

길들라, 풍진風塵 세상 몇 번씩 꼬드기지만

지상의 모든 길은 그리 만만치 않아

이승의 길모퉁이서 짐 지고 선 오늘이다

풍죽도風竹圖

어쩌다 맑은 날에도 바람은 불어대고

내키지 않는 걸음 함부로 걷지 마라

시달려 굳센 힘줄이 보란 듯 솟은 사내

수정사 水淨寺*의 가을

한 번쯤 가볼 일이다 물 귀한 수정사에

제멋에 굽은 기둥 격외格外를 가르치는데

여태껏 버거운 삶도 한켠에 짐 내리고

흘림체 현판마저 독경으로 젖는 시간

한 바랑 여린 햇볕 보시인 양 따사롭다

버리고 또다시 얻는 마음 환한 가을날

* 경북 의성군 비봉산에 있는 사찰.

16

어떤 봄날

예사롭지 아니한 겨울 지나고 또 봄

생목숨 끌어 묻긴 사변* 이후 처음인데

송아지 그 어린 눈물 너무 오래 흐른다

아픔만 돋보이는 밭 어귀 차마 못 보고

사람 할 짓 아니었지 고개를 돌리는데

개망초 비린내 절어 숨죽인 채 서 있다

* 6·25사변.

우수雨水 무렵

봄날도 굽은 들길 휜 허리로 절며 가네

아지랑이 좇나 보다 나비 떼 어두운 눈

몇 가닥 게으른 봄비 마른 풀을 적신다

묵은 두충밭 어귀 눈치 없이 움이 돋고

깃 터는 곤줄박이 못 견디는 본능마저

머잖아 숨겨놓았던 눈부심을 보겠네

푸른 이름

가끔씩 욕정처럼 일렁이는 물결무늬

멸치 떼 회유하는 바다라는 푸른 이름

한동안 넋을 놓고서 어지럼증 않는다

숱한 나이 먹어도 주름지지 않는 바다

속 뒤집는 행패까지 받아주는 넉넉함

평온을 꿈꾸는 당신 옷맵시 고쳐준다

가을 적선積善

하늘 잡고 휜 가지 그 끝에 찍은 낙관

환한 가을 보내는 적선의 화폭이다

정성도 손 시린 계절 곱게 편 따슨 풍경

등 하나 달고

초파일 아직 사흘 절집에 다녀왔다

빌 게 너무 많았다 벌써 나이 탓인가?

등 하나 큰 것을 달고 몇 번의 절 올렸다

옆에 있는 아내도 연신 절을 올린다

무얼 비는 걸까? 나와 같은 맘일까?

연등 줄 바람에 실려 숱한 이름 날린다

깨꽃

여름 아침 산책길에 깨꽃 한껏 벌었네

부신 저 꽃 모양새 영락없는 아기 입술

알겠네 고소한 참깨 그렇게 비싼 이유

그늘 하나

우리 동네 가겟집 조그만 동남아 새댁

들르면 물끄러미 표정 없이 바라보더니

얼마 전 집을 나가고 어린애는 울고 있다

흔히들 하는 말로 아이가 무슨 죄랴

방송에선 온종일 다문화 축제 뉴스

속 타는 주인 남자는 연신 담배만 빨고

생일 아침

생일날 아침이면 바다 냄새 어머니 냄새

그날의 어머니처럼 뜨건 국물 마시노라면

괜스레 소금 밴 눈물 한 움큼 쏟아낸다

설화說話엔 쑥과 마늘로 사람이 된다는데

어쩜 미역 부풀듯 삶도 흥성해져야지

가슴에 한 폭 자경문自警文 다시 읽는 생生의 아침

입춘立春에 내리는 눈

열어둔 창문으로 느닷없는 눈발 든다

몸을 녹이려는가 노숙露宿의 이웃처럼

저무는 거리로부터 불 밝힌 지붕 아래로

어서 들어오게나 언 몸도 좀 녹이고

말 안 해도 아픈 맘 머잖아 봄 올 거야

시린 손 잡으려 하자 눈물부터 쏟는다

대화 對話

손님 중 사돈만큼 귀한 분이 또 있을까?

집안 늙은 아지매 내 집에 오신 사돈 지극정성 모시는
데 소잡은 따나* 잘 지내이시소 화장실은 개잡은 데** 있
으이게네 걱정 마시소 하니 서울 사돈 어리둥절할 뿐

사돈요 소, 개 잡지 말고 있는 대로 차리세요 하더라

* '공간이 좁고 불편하지만'이란 뜻의 안동 지방 사투리.
** '가까운 곳에'란 뜻의 안동 지방 사투리.

26

사노라면

빗질을 하다가 허전해진 머리를 본다

세면대 위 떨어진 몇 올의 머리카락

어쩌면 내 삶의 흉터 커지고 있는 걸까

발모제를 써보란다 염색도 해보란다

내 누린 시간의 그늘 되살릴 덧칠인가

다 버릴 욕심의 여정 비우면 또 어떨까

만항재*에서

태백 정선 굽어 오른 상동 삼거리 고개

하늘길 어디쯤인가 구름 가득 해발 천삼백

내 겨운 어깨를 털자 이마 닿은 만행漫行의 길

바람도 고요를 읽고 시간 위에 눕는다

노루오줌꽃 이슬 터는 쓸쓸한 정상 부근

까마득 산 아래 어디 감꽃이 지는 봄날

* 강원도 정선군 고한읍과 영월군 상동읍과 태백시가 만나는 지점에 위치한 고개.

손국숫집

눈치 볼 일 아니다 한때 허기를 위해

국시에 조밥 약간 곁들이는 배추쌈 맛

좀처럼 보기도 힘든 태극기 걸린 식당

그릇 속 떠다니는 주린 유년의 잔영殘影

뜨겁게 목 넘기는 오늘은 추억이지만

알겠네 온전한 한 끼 예사롭지 않음을

산행山行에서

사는 일 다 그렇듯 처음에는 몰랐지요

김밥 한 줄 물 한 통 다 먹고도 몰랐지요

배낭이 가벼워지면 내려갈 길 찾는 걸

길섶 쑥부쟁이 저도 한철 꽃 피우고

낮아도 또 높아도 산은 늘 거기 있고

내려서 뒤돌아보면 나는 벌써 거기 없고

2부

그랬었지

그 저녁

글 친구 셋이 앉아 시간 죽이는 늦저녁

시詩 한 잔 소주 한 잔 곁들이는 세상사

아, 글쎄 매운 닭발보다 입이 벌건 그 저녁

선암사 해우소

하도 예쁘다길래 매화꽃 구경 갔지

피우긴 아직 일러 절간 둘러보다가

좀 급한 근심 풀려고 들어서니 매화 가득

그랬었지

어머니는 이발사였다 그것도 무면허였어

사 남매 앉혀놓고 밀어대고 싹둑 자르고

면도야 하기나 했나 툭툭 털면 그만이지

색 바랜 보자기 한 장 패션인 양 두르고

졸다가 털 뽑힘에 얼른 몸을 추스르면

빙그레 웃으시면서 "괜찮아 다 됐어"

초록 유감

계절을 안다는 건 무서운 일이라고

가끔씩 고개 들어 하늘 쳐다보지만

촉촉이 젖은 무덤가 새로 돋는 잎을 보네

던져놓은 장단에 맞장구를 칠 터지만

자고 나면 한 뼘씩 부끄러이 칠한 붓길

말없이 눈길만 줘도 감당 못 할 사랑처럼

말이 씨가 되어

말이 씨가 된다고 웬만하면 알 터지만

텅 빈 하늘에 대고 한참을 중얼중얼

그 말이 씨가 되어서 솟아오른 뼈 하나

뼈 하나 주워 들고 거리에 나서보면

때론 네 가슴속 상처로 남았어도

화들짝 꽃 핀 천지에 사랑한다 말해봐

낙화落花

이 꽃 다 지고 나면 세상에 꽃 없을 듯

안쓰런 꽃잎 밟으며 꽃의 비명 듣는데

꽃보다 더 많은 사람 이게 추억이란다

자락길에서

첫사랑의 눈웃음이 이만큼이었을까

설레던 모든 것들 그저 신비로울 뿐

지상에 때 묻지 않은 또 하나의 민낯이다

한나절 나를 잃고 물을 따라 흐른다

흐르며 비워내는 거룩한 물의 몸짓

마침내 말문을 여는 싱그러운 세례洗禮

오래된 수첩

낯선 전화번호며 밑줄 그은 이름들

박제된 시간과 얼굴 부스스 살아난다

이따금 아주 조금씩 입가에 이는 웃음

그랬었지, 내가 이 친구도 만났었지

하지만 기억보다 잊고만 싶은 만남

빗진 듯 질금거리며 종일 비 오던 날

베네치아의 꽃

파란 눈 낯선 여자 물살보다 빠른 수다

누군가의 봄을 위해 저리도 바쁜 몸짓

물보다 낮은 땅에도 피는 꽃을 보았네

팔월 일기

지친 듯하면서도 생기 도는 땡볕이다

말 없는 담금질 속 꽃은 이름 부르고

팔월의 땀 젖은 마당 소나기로 씻고 있다

무엇이 거친 나날 살아남게 하는지

뜨거운 비 맞으며 곰곰 씹어보지만

여태껏 내 삶의 짐 버거운 그대로다

영동선에서

내 나이 굽이돌아 푸른 스무 살이다

창밖으로 몸 던져 몇 줄의 시를 줍고

내려선 낯선 역 마당 한 평 남짓 하늘뿐

다 알 듯하면서도 속 아픈 폐광 지대

고단한 빈터마다 뒷얘기만 등을 켜고

한때의 빛나던 전설 수척해진 산기슭

살다 보면

살다 보면 밥 먹다 틀니 빠진 이웃도 보고

긁어 부스럼으로 끝내 수술도 하고

가만히 세워둔 차가 후진해 사고도 나지

소나기 뒤

여름이 아름다운 건 소나기 때문이다

작은 키 채송화를 저토록 짓눌러도

돌담 밑 무당개구리 묵은 때도 씻겨주니

짜증 나는 더위야 씻어본들 잠시뿐

괜스레 선풍기나 온종일 틀어대고

길 건너 하늘에 걸린 무지개를 부른다

살짝 엿보다

진작부터 무당개구리 짓거리가 수상해

돌담 밑 일순 긴장감 이거 큰일 났네

단숨에 파리 한 마리 덥석 물고 눈만 껌벅

무릇 세상살이 파리 형용 이것뿐이랴

한낱 허울뿐 동행 뙤약볕에 서러워

오늘도 눈뜨고 나면 낯 붉힐 뉴스 가득

발의 힘

개학 며칠 안 남은 텅 빈 운동장 한편

땡볕 장마를 이긴 무성한 잡초를 본다

빳빳이 고개 쳐들고 대들 듯 서 있다

종이 쳐도 이 마당을 짓이기던 숱한 발

그게 힘이라는 걸 그게 젊음이라는 걸

비워둔 교정에 서서 비로소 터득하다

가을, 물들다

가을엔 누구나 저리 물이 드나 봐

수줍게 철들어 버린 단풍 물 드나 봐

저것 봐 맑은 개울 위 곱게 쓴 속마음

절집 옆이거나 바위산 골짝 어디든

붉은 치마 한 자락 그냥 확 덮어버리면

그 빛깔 너무 야해서 그만 눈을 감는다

꽃 지던 날

아내의 잔소리가 그날따라 좀 심했다

뉴스는 철도 파업 이십 일째 걱정하고

꼿꼿한 꽃대의 기운 힘없이 주저앉다

꽃 져서 아쉽기야 밤하늘 불꽃놀이

어둠 속에서도 코끝에 머물던 향

미처 다 챙기지 못한 짧은 봄날 귓속말

잔소리

야들아 공부보다 쉬운 게 없데이

후배 격려한다고 오랜만에 학교 찾은 선배들이 자는
놈 깨워놓고 햄버거, 우유 나눠주면서, 교문 밖만 나서봐
라 세상 얼마나 어려운지 쓸데없는 생각 말고 어쨌든지
열심히 해서 좋은 대학 가야 된다고 목에 힘을 줘쌓는데

누구는 하기 싫어 안 하나 간식 주고 잔소리는

3부
안동 소주

작은 새 한 마리

―노랑눈썹솔새*

아침 신문 한 귀퉁이 솔새가 날아왔다

삼천 리 길 날아온 믿기지 않는 작은 몸

핑계만 들끓는 세상 지면에 바람 일다

* 백 원짜리 동전 무게(6g)로 중국 흑룡강성에서 전남 신안군 흑산도까지
  무려 1550km를 날아옴.

비 오는 날

청반점 구석에서 짬뽕 국물 마신다

쓰린 속 달래보다 그릇에 쓰는 반성

어쩌나 익숙한 입맛 더없는 속물의 시간

밥도둑

오뉴월 보릿고개 옛얘기로 듣는 요즘

세상에 밥도둑은 도둑도 아니라는데

배고파 흙을 파먹는 아프리카 어느 마을

가난이란 눈물이 화면 속 뚜욱뚝 지고

둥그런 눈 검은 아이 자꾸 나를 보는데

밥도둑 간장게장에 부끄러이 가는 손

마라도의 바람

누군들 휘지 않고 오롯이 살아가길

시샘도 부끄러운 온전한 삶이기를

이 땅 끝 소금 바람 속 되새기는 약속 하나

까짓것 하다가도 다시 고개 저으며

잘 구운 자반 같은 의미 있는 삶이기를

아! 억새 의젓한 몸짓 그냥 볼 게 아니다

전어錢魚

친구와 술을 먹고 밤늦게 돌아오는 길

마음이 무겁다 내가 한 잔 살걸

눈앞에 어른거리는 전어의 빛난 비늘

휘청이며 속 태우며 살아오긴 마찬가지

난도질한 살점 몇으로 서로를 추스르고

남겨둔 한 잔 언저리 속마음을 두었네

야자* 없는 날

아이들 목소리에 모처럼 생기 돈다

간만의 긴장 풀린 선생님의 환한 낯빛

이 모두 무슨 죄 있나 씁쓸해진 퇴근길

* 야간 자율 학습.

늦봄의 초상 肖像

잔치 끝난 뒤에는 허전함도 있기 마련

꽃대를 기어오르던 개미도 지쳤는지

몇 번씩 빙빙 돌다가 그냥 보내는 봄

뻐꾸기 목쉰 노래 애기똥풀 짓뭉개고

쓸쓸한 상가喪家인 양 고개 떨군 아카시아

봄날도 파장의 한 켠 눈치 보듯 뒷걸음질

낙서 落書

돌 하나 던져놓고 숨어서 지켜본다

누군가 가져갈까 조바심의 첫사랑

담벼락 서툰 글씨가 가슴에 바위 될 줄

그런 봄날도 잠깐 뒷에 바빠 다 잊고

나이 들어 우연히 골목길 지나가는데

누군가 새로 쓴 낙서 덧보태는 쓴웃음

안동 소주

몇 개의 빈 잔마다 목청이 가라앉고

끝내 제 못난 탓 나이테만 그리다가

몇 촌의 피붙이들이 떠오르는 그런 날

들춰보면 곱게 써간 두루마리 사연 같은

다 가져갈 수 없듯 그렇게 쌓은 정리情理

어쩐다, 다 풀린 시방 또 그렇게 채운 잔

가을 언덕

그냥 둬도 괜찮을 걸 툭 하고 건드린다

투정끼 많은 바람 휘저어 풍경 만들 즈음

잘 익은 상투감 하나 고요를 깨는 오후

비어 있어 더 좋은 하늘은 강이 되고

일상에 물든 애증 헹궈서 띄워보면

저무는 가을 언덕에 벌써 앉은 별 하나

우기 雨期

불솥 엎질러 놓고 짜증 부리는 한낮

몇 방울 소나기로 달래려 기 쓰는데

후다닥 눈 깜짝할 새 던져놓은 바람 한 줌

지렁이 길게 써놓은 한여름 뒷얘기를

잡힐 듯 날아가는 잠자리가 바삐 읽고

모처럼 널린 빨랫줄 마음 먼저 마른다

저녁놀

서러운 무명 화가 뜻 모를 화폭 같은

앳된 스무 살 처녀 당돌한 두 볼보다

얼씨구 무릎을 탁 칠 한 구절 절창 같은

방정맞게

온 천지 봄이라고 방榜을 붙여대지만

웬만한 꽃망울도 수줍어 몸 사리는데

하마도 목젖 붓도록 방정 떠는 맹꽁이

봄도 비정규직인가 잠시 왔다 가는걸

줄지어 선 개나리꽃 저게 언제 질지

면접 온 젊은 남녀가 자꾸 눈에 밟힌다

개안開眼

늦은 저녁 책 속에서 마주한 낯선 글귀

그 글귀 따라가서 자책하며 찾고 뒤적여

깨우쳐 다시 눈뜨는 뿔 없는 작은 짐승

겨울 아침

－사회면

뼈 시린 찬 바람 속 걱정스레 듣는 소식

애비가 처자妻子 죽이고 이웃이 불을 지르고

언 땅 위 크나큰 비정非情 악몽의 가시 돋다

힘겹고 그늘지고 뜬눈의 자책이라도

절망에 새살 돋는 희망의 묘약 찾아

사랑은 나를 버리고 너에게로 가는 길

눈뜨는 봄날

남해 금산 보리암 대숲 길에 한참 섰다

뭣하러 여길 왔니? 다그치는 죽비 소리

딴에는 비워버린 척 다 잊은 척하는데

한 생生의 손금마다 숱한 빛깔 삶의 무늬

펼쳐진 허공 앞에 그물처럼 엮노라면

다시금 눈뜨는 봄날 어느 미물처럼

젖은 거리에서

핏발 선 목소리가 어둠 속에 잦아들고

남몰래 눈물 훔치는 토요 차 없는 거리

온종일 지친 어깨에 위안처럼 눈 내린다

구겨진 깃발 같은 아픈 삶 그뿐이랴

누구나 흔들리며 한세상 건너가지만

온전한 하루의 삶이 되씹히는 저문 거리

한때의 눈발이야 툭툭 털며 비켜 가리

말만 무성한 시대 물기 젖은 긴 나날

빈속에 시간 죽이며 기다리는 짧은 봄

저울

내 마음을 달기 전에 그대 맘 먼저 달았다

가끔은 흔들리다 옮겨지는 무게중심

날마다 삶의 가늠대 또 다른 추를 단다

추 없는 저울 하나 그게 쓸모 있냐고

가을볕 아래 어머니 손대중이 손때 묻은 노끈에 걸린
무쇠 저울추보다 더없이 고르다는 걸 철든 뒤 알게 되고,
한 줌씩 덤으로 넣는 무게만큼 사랑이란 걸

몇 번씩 달아보아도 가늠할 수 없는 무엇

4부
입동 무렵

비우다

불일암佛日庵 후박나무 그 아래 스님* 계신다

서걱이던 대숲도 오늘은 다 잠들다

다 비워 무거운 빈집 겨울 햇살 가득하다

* 『무소유』의 법정 스님.

조탑리에서

−권정생

햇감자 볕에 익어 서럽게 푸른 봄날

조탑길 삼십 리 길 낮달 따라 뚜벅뚜벅

끈 놓친 종소리 여태 처마 끝 내리는데

이승의 종소리가 궁금키나 할는지?

때 묻지 않은 한 생生 긴 그림자 서성이는

빌뱅이 작은 언덕이 또 그렇게 저무는 날

만대루晚對樓 혹은 병산屛山

몸 풀린 강물 따라 놓친 시간 찾는 걸음

병산을 마주하고 한 생生을 읽습니다

뜨락의 백일홍 꽃잎 촛불인 양 밝힌 오늘

무언가 꽃피우긴 계절도 힘겨운 시간

못 미더운 한세상 자책하며 살아왔지만

버려라 집착의 큰 병 깨치는 푸른 절벽

눈곱

작아서 그럴 테지 변명할 때 자주 쓴다

기세 드높던 그분 그토록 소리쳤지

절대로 '눈곱만큼도 잘못 없다' 하지만

때로는 작은 것이 아름답기 그지없다

그러나 들춰보면 모두가 억! 억! 이다

잠이 깬 어린애 눈곱 그게 어디 미움인가

간이역의 봄

탓한들 그리움이란 텅 빈 뻐꾸기 울음

흥에 겨워 울다가도 제풀에 잦아들어

그 울음 사라진 하늘 후렴 같은 낮달만

밀어내듯 가는 봄 텃새만 눈치챌까

여린 꽃잎 흘림체로 사연 흩는 철길 위

괜스레 애잔한 봄날 휘파람도 투정이다

입동立冬 무렵

광평 소머리국밥집 맑은 햇살 따스하다

때 이른 점심을 먹다 창밖을 내다본다

빈 뜨락 내리는 참새 부리 짓이 바쁘다

주섬주섬 옷 챙겨 자리를 일어나면

먹었던 뜨건 국물 땀으로 솟는 한 끼

또 한 해 건너는 길목 모두 바쁜 초겨울

그믐

신열身熱로 애가 타고 온통 밤이 얼던 날

물림 밥에 칼로 쳐 내쫓던 숱한 객귀客鬼

정성도 추위를 내쳐 삶보다 드세었던

그 밤이 흑백 같은 추억일지 몰라도

살아 오늘을 웃는 못난 이름일지라도

한목숨 넘치던 사랑 움 돋는 그리움

태산泰山에서

오르고 나서야만 높이를 깨우치듯

벼랑 위 풍경 속에 들춰보는 자화상

할 일이 태산 같다니 이제 또 무슨 일

바람인 듯 구름 잠깐 다소곳 몸을 감아

누가 뭐라 하는지 왠지 뒤가 당기는데

숱하게 남겨진 글귀 오래 피는 꽃을 보다

꽃불 오월

사월만 봄 아니듯 꽃 붉은 오월이야

가슴마다 흔드는 한 폭의 깃발이다

덩달아 온몸이 달아 휘갈겨 쓴 대자보

읽다 보면 어느새 감당 못 할 불이 번져

맘이 먼저 타는 건지 온몸이 불붙는지

텃새만 한나절 울음 저도 걱정되는갑다

익숙한 저녁

자판을 두드리다 맞이하는 익숙한 저녁

놓친 말 꾸러미를 또다시 들춰보지만

마음에 몇 줄 긋다가 기껏 채우는 허기

회항回航

비진도 가는 배 위 『화답』*을 읽습니다

출항한 지 반 시간 고장이 나 못 간대요

이것도 인연일까요 겁외사劫外寺로 향했지요

햇살 뜨락에 모여 경經을 외는 산 맑은 곳

고즈넉 절 뜨락엔 큰스님만 지켜 섰네

왜 하필 여길 왔는가? 화두話頭를 던지는 듯

* 김영재 시인의 시집.

뒷전 풍경

세상의 한 모퉁이 갖은 삶의 좌판이다

나름 곰삭은 속내 넘치는 몸짓까지

들추면 산 하나만큼 아픈 가슴 보인다

둘러봐 다 귀한 삶 누군 다르겠냐만

마디 굵은 손으로 한 움큼 건네는 덤

안 맞는 타산쯤이야 하루쯤 뒷전이다

피데기 같은

다 된 것 그렇다고 덜 된 것도 아닌 것

바다도 담겨 있고 낯선 남자 냄새도

조금은 어정쩡하고 흔들리는 세상 같은

참 맑은 하늘

가을날 나무들의 옆구리가 성치 않다

중간고사 망친 애들 괜스레 툭툭 치고

때 이른 단풍잎마저 그냥 가지 않는다

우리에게 가을이란 무엇을 남기는가

푸르러 굽은 솔 보며 잠시 깨우칠런가

참 맑은 하늘 귀퉁이 희망 하나 꿰맨다

봄이라고

멥새가 물었다 놓친 아지랑이 몸 떨 때

어쩌자고 봄이란 눈치 없이 저리 요란

산수유 묵은 가지도 꽃눈 틔울 몸짓도

쫓기는 행상처럼 서둘러 피는 목련

이 며칠 넋두리만 부쩍 내뱉더니

흘려 쓴 화전가花煎歌 구절 굽은 길 같이 걷네

발을 씻다

산행 뒤 냇가에서 지친 발을 씻는다

그런데 저것 보소 개미 한 마리 풍덩

기껏해 발이나 씻는 나를 보고 비웃듯

여름 감성感性

쏟아지는 빗속에 그리운 이름 있다

열두 살 맨살 같은 풀잎, 풀벌레, 풀꽃, 연잎, 두꺼비,
미꾸라지, 청개구리, 비닐우산, 무지개, 외나무다리를 나
직이 불러보는 제 몫의 위안이랄까

물 첨벙 젖은 바지에 푸른 시를 쓰는 한낮

벚꽃 흐드러져

친구 셋 봄꽃 취해 호숫가를 걷는 오후

차를 몰던 아줌마들, 대뜸 우리한테 다가와 길 묻는 척, 그것도 훤한 대낮에 호텔 위치를 묻고 수상쩍게 웃으며 자꾸 보채더니, 끝내는 그 여자 왈, 함께 타고 가서 가르쳐주면 안 되느냐고?

벚꽃이 흐드러져서 주체 못 한 꽃뱀의 한낮

사물과 기억을 결속하는 존재론적 성찰의 언어
강인순의 시조 미학

유성호 **문학평론가 · 한양대 국문과 교수**

1

두루 알려져 있듯이, 현대시조는 정형 양식으로서의 제한적 특성 때문에 현대 자유시가 가지는 언어적, 형식적 자유를 누릴 수가 없다. 그래서 정형 양식의 존재론은 엄격하게 형식을 지키면서 쓰이는 데서 생겨나게 마련이고, 시조에 요청되는 현대성 역시 형식을 확장해가는 것보다는 해석의 새로움과 세련된 시정신에서 찾아져야 한다. 특별히 시조 중장에서 의미를 확장하였다가 종장에서 시상詩想을 수렴해 들이는 기율만큼은 섬세하게 지켜져야 한다. 이는 현대 자유시

91

가 자신의 육체인 율격을 등한시하면서, 시조로 하여금 대안적 가치를 지니게끔 한 것과도 맥을 같이한다. 따라서 열린 구조로 존재하는 자유시의 대극에서 현대시조는 정형 양식으로서의 속성을 한층 더 유지하고 강화하고 지속해가야 한다. 독자의 입장에서 시조를 읽을 때도 현대 자유시가 잃어버렸거나 지워버린 것들, 가령 정격에 충실하면서도 다양하게 변형된 율격, 시상의 견고한 안정성, 우리 것에 대한 새삼스런 발견 등을 시조가 회복해주기를 바라는 마음을 가질 것이다. 이러한 독자들의 기대 지평을 충족하기 위해서라도 시조는 현대인의 삶을 내용으로 하되 시상의 완결성과 율격을 구심적으로 지키면서 자신의 역할을 수행해야 한다.

우리가 읽어가게 될 강인순 시인의 네 번째 시집 『그랬었지』는, 이러한 양식적 구심과 시조만의 정체성을 지키면서 시인 자신이 걸어온 삶을 잔잔하게 성찰하는 특징을 일관되게 보여준다. 시인 스스로도 "정제된 형식의 아름다움에 혹해 / 시마詩魔 속에서 30여 년"(「시인의 말」)을 지내왔다고 했거니와, 이번 시집은 그 점에서 등단 30년을 맞은 중진 시인의 인생론적 고백이자, 사물과 기억에 대한 오랜 사유의 결실이기도 하다. 그래서 우리는 강인순 시학의 고갱이가 사물과 기억을 결속하는 존재론적 성찰의 언어에 있다고 말할 수 있을 것이다. 이제 그 세계 안으로 들어가 보자.

2

원래 인간을 둘러싸고 있는 환경이나 제도, 관행, 지적 풍토 등이 일련의 복합성을 띠기 시작하면서 현대시조의 미학은 자유시에 밀려 순탄하게 발전해오지 못했다. 심미적 관조나 순간적 정서로 표상하기에는 사회적 관계망이 너무도 복잡해졌고, 따라서 이러한 상황에 대한 비판적 인식이나 대안적 사유를 표명하려고 할 때 시의 서술적, 산문적, 해체적 경향은 어느 정도 불가피했기 때문이다. 그럼에도 불구하고 가장 짧고도 정제된 형식을 통해 삶의 본질과 지향을 노래하려는, 그리고 언어를 사용하면서도 언어의 자명성과 효율성을 역으로 부정하려는 노력은 시조 특유의 압축과 긴장의 미학을 견고하게 지켜오게끔 하였다. 이러한 압축과 긴장은, 언어 자체에 대한 부정이 아니라 언어가 지나치게 과잉되는 것을 경계하려는 전략을 뜻한다. 우리는 현대시조가 이처럼 언어 과잉을 경계하려는 미학적 행위 속에서 채택된 양식이라고 말할 수 있을 것이다. 이러한 역사성과 독자성을 가진 시조라는 틀 안에서, 강인순 시인은 삶의 가장 순연한 원리인 계절의 흐름을 노래하고 그에 따르는 삶의 원초적 풍경들을 찾아내고 표현한다. 먼저 '봄'을 만나보자.

열어둔 창문으로 느닷없는 눈발 든다

몸을 녹이려는가 노숙露宿의 이웃처럼

저무는 거리로부터 불 밝힌 지붕 아래로

어서 들어오게나 언 몸도 좀 녹이고

말 안 해도 아픈 맘 머잖아 봄 올 거야

시린 손 잡으려 하자 눈물부터 쏟는다
−「입춘立春에 내리는 눈」 전문

봄날도 굽은 들길 흰 허리로 절며 가네

아지랑이 좇나 보다 나비 떼 어두운 눈

몇 가닥 게으른 봄비 마른 풀을 적신다

묵은 두충밭 어귀 눈치 없이 움이 돋고

깃 터는 곤줄박이 못 견디는 본능마저

머잖아 숨겨놓았던 눈부심을 보겠네
　　―「우수雨水 무렵」 전문

　'입춘'에서 '우수'까지 봄이 천천히 흘러가고 있다. 입춘에는 아직 늦겨울의 잔상이 남아서 눈이 내린다. 그 '눈'은 열린 창문으로 느닷없이 찾아오는 "노숙露宿의 이웃"과도 같다. 이제 저무는 거리로부터 불 밝힌 지붕 아래로 하나씩 내리는 눈발은, "말 안 해도 아픈 맘"을 달래면서 몸을 녹인다. 이때 시인은 눈발의 "시린 손"을 잡으려 하지만, 어느새 눈발은 "눈물"을 쏟고 만다. 이 '눈발→눈물'의 존재 전환 과정이 '노숙의 이웃'이라는 기표를 결속하면서, 차츰 '눈'으로 하여금 동시대의 잔잔한 슬픔으로 번져가게 한다. 그 점에서 '입춘'은 아직까지 남아 있는 '겨울'이자 이미 와버린 '봄'이기도 할 것이다. 뒤의 작품에서 그 봄은 이제 완연해진 채 '우수'로 접어든다. 봄은 아지랑이 좇는 나비 떼와 마른 풀을 적시는 반가운 봄비, 그리고 새롭게 터오는 '움'과 함께 온다. 그 눈부신 순간들을 어디 숨겨놓았다가 한꺼번에 터뜨리는 '우수 무렵' 풍경들이 봄날의 물질성을 완성하고 있는 것이다. 그리고 그 순간은 강인순 시인으로 하여금 "부신 저 꽃 모양새 영락없는 아기 입술"(「깨꽃」)이라는 멋진 표현도 얻어내게끔 해준다. 자연 사물들의 "못 견디는 본능"과 그 "눈부심"을 발견하는 시인의 밝은 눈이 시편 전체를 에워싸고 있다. 그렇게 강인순 시편은 "미처 다 챙기지 못한 짧은 봄날 귓속말"(「꽃 지던 날」)을 우리에게 섬세하게 전해주면서, 우리를 둘러싸고 있는 자연 사물들이 어떤 신성한 기운의 자기표현임을 명징하게 보여준다. 그리고 자연 사물 속에 편재遍在하는 생명력에 공감과 긍정을 표하는 화해 지향의 상상력을 일관되게 노래한다. 결국 그가 중시하는 것은, 자연 속에서 숨 쉬고 있는 항심恒心의 형상들을 통해 물신화되고 메마른 세계를 견디는 방법의 탐구이다. 따라서 강인순 시편에 등장하는 다양한 계절의 운행이나 자연 사물들은, 그가 추구하는 근원적인 가치들을 품고 있는 시적 상관물들로 존재한다고 할 수 있을 것이다. 다음은 '가을'이다.

한 번쯤 가볼 일이다 물 귀한 수정사에

제멋에 굽은 기둥 격외格外를 가르치는데

여태껏 버거운 삶도 한켠에 짐 내리고

흘림체 현판마저 독경으로 젖는 시간

한 바랑 여린 햇볕 보시인 양 따사롭다

버리고 또다시 얻는 마음 환한 가을날
　　　　　　　　　　　　　－「수정사水淨寺의 가을」 전문

하늘 잡고 휜 가지 그 끝에 찍은 낙관

환한 가을 보내는 적선의 화폭이다

정성도 손 시린 계절 곱게 편 따슨 풍경
―「가을 적선積善」 전문

'수정사'는 문자 그대로 맑은 물水淨과 신성한 기운寺이 흐르는 곳이다. 그 수정사에서 시인은 굽은 기둥이 '격외格外'를 가르치고 있고, 사람들은 버거운 삶의 짐을 내리는 순간을 허락받는다고 믿는다. 그렇게 일정한 격식이나 관례를 벗어난 '격외'의 삶을 통해 시인은 현판이 독경으로 젖고 햇볕도 보시인 양 따사로운 공간에서 "버리고 또다시 얻는 마음"에 이르게 된다. 그 환한 가을날에 말하자면 "흐르며 비워내는 거룩한 물의 몸짓"(「자락길에서」)을 바라보고 있는 것이다. 그리고 나서 시인은 깊어가는 가을에 대하여 '적선'이라는 새로운 명명을 부여한다. 하늘 잡고 휜 가지의 끝에 찍힌 '낙관'이 바로 환한 가을을 보내는 "적선의 화폭"이라는 것이다. 그 적선의 삶은 "내 겨운 어깨를 털자 이마 닿은 만행漫行의 길"(「만항재에서」)이기도 할 것인데, 이 정성과 사랑과 온기가 겹친 풍경이야말로 깊어가는 가을을 선명하게 부조浮彫하면서, 동시에 그것을 인생론적 깊이의 순간으로 바꾸는 시인의 에너지를 환유하는 것일 터이다. 그 순간, 시인 스스로는 적선謫仙이 되었는지도 모르겠다.

이처럼 강인순 시편은 계절의 흐름을 따라, 다양하고 심층적인 자연 사물의 외관과 속성을 따라 존재의 상상적 충일로 나아가는 과정을 활력 있게 보여준다. 새로운 생성적 경험을 통해 삶의 가장 근원적인 가치들을 탈환하면서 그는, 자신의 절실한 깨달음은 물론 대상을 향한 매혹과 그리움을 가없이 담아낸다. 물론 시인은 "계절을 안다는 건 무서운 일이라고"(「초록 유감」) 노래했지만, 그러한 외경畏敬을 통해 자신의 삶을 사유하기도 하고 새로운 세계에 대한 간접화된 경험을 치르기도 한다. 언어가 지나치게 과잉되는 것을 경계하는 시조 미학을 투과하면서, 이러한 간결하고도 속 깊은 세계를 보여준 것이다.

3

다음으로 강인순 시학의 저류底流에 흐르고 있는 것은, 애틋하고도 선명한 지난날의 기억들이다. 우리가 잘 알듯이, 일상에서 우리를 가장 강하게 규율하는 것은 '시간'이다. 우리는 '시간'의 불가역성不可逆性 속에서 살아가기 때문에, 오직 기억의 재현 작용을 통해서만 시적 현재형을 구성할 수 있다. 강인순 시편은 무의미해 보이는 시간을 충일한 의미의 시간으로 되돌리면서, 이러한 기억의 원리를 충실하게 구현해가는 세계이다. 그러한 기억 속에서 그의 시편은 가장 역동적인 형상으로 몸을 바꾸어간다. 다음 시편들은 그 기억들이 얼마나 선명하고 아름다운 것인가를 뚜렷하게 보여준다.

생일날 아침이면 바다 냄새 어머니 냄새

그날의 어머니처럼 뜨건 국물 마시노라면

괜스레 소금 밴 눈물 한 움큼 쏟아낸다

설화說話엔 쑥과 마늘로 사람이 된다는데

어쩜 미역 부풀듯 삶도 흥성해져야지

가슴에 한 폭 자경문自警文 다시 읽는 생生의 아침
  −「생일 아침」 전문

어머니는 이발사였다 그것도 무면허였어

사 남매 앉혀놓고 밀어대고 싹둑 자르고

면도야 하기나 했나 툭툭 털면 그만이지

색 바랜 보자기 한 장 패션인 양 두르고

졸다가 털 뽑힘에 얼른 몸을 추스르면

빙그레 웃으시면서 "괜찮아 다 됐어"
　－「그랬었지」 전문

　시인의 기억에 원체험처럼 남아 있는 선연한 상像은 '어머
니'다. '원체험原體驗'이란, 가장 오래 기억에 머물러 있으면서
지속적으로 시인의 행위나 감각에 영향을 주는 흔적이자 수
원水源을 말한다. 원래 시인은 이러한 원체험을 부단히 변형
하면서 상상적인 기억을 통해 자기동일성을 획득해가는데,

강인순은 자신의 몸 깊이 숨겨져 있는 이러한 원체험을 아름답게 하나씩 번져가게 한다. 그것은 "생일날 아침"이면 다가오는 "바다 냄새 어머니 냄새"로 표상되는데, 시인은 "그날의 어머니"를 생각하면서 "괜스레 소금 밴 눈물 한 움큼"을 쏟는다. 이때 어머니에 대한 기억은, 사람이 된다는 것과 삶이 흥성해져 가는 것에 대한 사유로 이어져, 시인으로 하여금 생일날에 "가슴에 한 폭 자경문自警文"을 다시 읽게끔 한다. '자경문'이란 스스로를 경책하는 글이지 않은가. 이렇게 생일날 아침에 자기도취나 축복보다는 스스로에 대한 경계를 수행하는 시인의 면모는 "내려서 뒤돌아보면 나는 벌써 거기 없고"(「산행山行에서」)와 같은 표현을 수반하고 있다. 그런가 하면 '어머니'는 이발사이기도 하셨다. 시집 표제작을 통해 강인순 시인은 유머를 동반하면서 무면허 이발사였던 어머니의 모습을 호출해낸다. 그때 풍경을 재현하는 "색 바랜 보자기"와 서투르지만 역동적인 이발사의 몸놀림이 그려지는 시절, 시인은 자신의 삶에 돌아오셔서 "괜찮아 다 됐어"라고 말씀하시는 어머니 목소리를 환청처럼 듣고 있다. 비록 "그릇 속 떠다니는 주린 유년의 잔영殘影"(「손국숫집」)이 있을지라도, 그렇게 '어머니'는 시인의 삶에서 "몇 번씩 달아보아도 가늠할 수 없는 무엇"(「저울」)으로 계시는 것이다.

내 나이 굽이돌아 푸른 스무 살이다

창밖으로 몸 던져 몇 줄의 시를 줍고

내려선 낯선 역 마당 한 평 남짓 하늘뿐

다 알 듯하면서도 속 아픈 폐광 지대

고단한 빈터마다 뒷얘기만 등을 켜고

한때의 빛나던 전설 수척해진 산기슭
－「영동선에서」전문

몇 개의 빈 잔마다 목청이 가라앉고

끝내 제 못난 탓 나이테만 그리다가

몇 촌의 피붙이들이 떠오르는 그런 날

들춰보면 곱게 써간 두루마리 사연 같은

다 가져갈 수 없듯 그렇게 쌓은 정리情理

어쩐다, 다 풀린 시방 또 그렇게 채운 잔
―「안동 소주」 전문

이제 시인은 "내 나이 굽이돌아 푸른 스무 살"의 기억에
가 닿는다. 아마도 그때 젊은 시인은 영동선을 탄 채 "창밖으
로 몸 던져 몇 줄의 시를" 주웠고, 낯선 역에 내려 마당에 "한
평 남짓 하늘"만 있었던 순간을 보았을 것이다. 속 아픈 폐광
지대를 회상하면서 시인은 "한때의 빛나던 전설"로서 수척
해진 산기슭을 떠올린다. 그렇게 시인은 '아픔'이 개인의 차
원을 넘어 공동체적 동심원으로 나아가게끔 한다. 이제 오랜
세월이 지나 "시詩 한 잔 소주 한 잔 곁들이는 세상사"(「그 저
녁」)를 안아 들이는 시간에 이르렀지만, 그럼에도 불구하고
강인순 시인은 "이 꽃 다 지고 나면 세상에 꽃 없을 듯"(「낙화
落花」)한 순간을 소중하게 기억해낸다. 그리고 시인은 '안동

소주'라는 고향의 브랜드를 통해서도 기억을 떠올린다. 거기에도 아픔처럼 떠오르는 "몇 촌의 피붙이들"이 있다. 빈 잔마다 목청이 가라앉고 끝내 제 못난 탓만 하는 이들의 삶이 '안동 소주'에 녹아 있는 것이다. "두루마리 사연"과도 같은 오랜 "정리情理"를 나누면서 잔은 비워지고 채워지는 시간을 반복해왔을 것이다. "누구나 흔들리며 한세상 건너가지만"(「젖은 거리에서」), 그 흔들림 안에는 눈물겹고 아픈 시간이 농울치고 있는 것이다.

원래 '기억'이란 주체의 창조적이고 조절적인 기능으로서, 통일되고 일관된 주체의 구조를 드러내는 기능을 떠맡는다. 또 우리는 기억을 거치지 않고는 주체를 경험적으로 회복할 수 없다. 여기서 우리가 말하는 기억은, 일상을 규율하고 관장하는 합리적 운동 형식이 아니다. 마치 고고학자의 시선처럼, 현재의 지층 속에 있을 법한 과거를 재현하고 그때의 한 순간을 정서적으로 구성해내는 힘을 뜻한다. 그래서 기억은 동일성의 감각에 의해 구축되는 시적 언어의 구성 원리가 된다. 기억 또는 회감回感의 원리가 서정시의 핵심이라는 슈타이거E. Staiger의 전언을 우리가 긍정할 수밖에 없는 까닭도, 강인순 같은 엄연한 사례들이 존재하기 때문일 것이다. 이처럼 강인순 시편은 기억을 통해 자아를 회복하려는 욕망과, 그 기억 속에 각인된 공동체적 가치를 현재 삶에서 회복하려는 열망을 동시에 숨기고 있다. 이는 여전히 그의 시편들이 삶의 긍정적 가치를 향하고 있다는 점을 암시하면서, 이번 시집이 더욱 깊이 있는 세계로 전이해가는 단계에 있음을 알려주는 지표가 되고 있다.

4

이러한 시공간의 풍경과 기억을 지나서, 강인순 시학은 궁극적으로 시인 자신이 닿아야 할 삶의 가치들을 향해 간다. 물론 '시인'이란 기억 속에 존재하는 강렬한 빛으로 남은 생을 쏘며 살아가는 존재이다. 하지만 좋은 시인은 개체적 기억에만 머무르지 않고 삶 가운데 존재하는 보편적 가치에 대해 열려 있게 마련이다. 경험적 직접성에 매몰되지 않으면서, 기억의 현재적 구성력과 삶의 보편적 형식에 두루 민감한 것이다. 강인순 시학의 미덕이 또한 여기에 있다.

햇감자 볕에 익어 서럽게 푸른 봄날

조탑길 삼십 리 길 낮달 따라 뚜벅뚜벅

끈 놓친 종소리 여태 처마 끝 내리는데

이승의 종소리가 궁금키나 할는지?

때 묻지 않은 한 생生 긴 그림자 서성이는

빌뱅이 작은 언덕이 또 그렇게 저무는 날
  ―「조탑리에서―권정생」 전문

  '권정생'은 가난하고 소외된 이들에 대한 사랑을 바탕으로
삶의 가치를 아름답게 승화시킨 동화 작가이다. 이러한 타자
지향의 섬세하고도 아름다운 그의 마음은 시인 강인순이 지
향하는 것과 닮아 있다. 그가 살던 조탑리에서 강인순은 권
정생을 닮은 "햇감자 볕에 익어 서럽게 푸른 봄날"을 맞고
있다. 권정생이 평생 잡았을 종의 맑은 소리는 어느덧 끈을
놓친 채 처마 끝에 내리는데, "때 묻지 않은 한 생生 긴 그림
자"가 그때 순간적으로 살아오는 것이다. 빌뱅이 언덕이 저

물어가는 날에, 강인순 시인이 가 닿은 심미적인 지경地境은 더없이 처연한 소멸의 미학인 셈이다. 그렇게 권정생이라는 따뜻한 상징에 기대어 강인순 시인은 "다 비워 무거운 빈집" (「비우다」)에 가득한 햇살을 받아안으면서, "누군들 휘지 않고 오롯이 살아가길 // 시샘도 부끄러운 온전한 삶이기를" (「마라도의 바람」) 바라고 또 바라는 것이다.

비진도 가는 배 위 『화답』을 읽습니다

출항한 지 반 시간 고장이 나 못 간대요

이것도 인연일까요 겁외사劫外寺로 향했지요

햇살 뜨락에 모여 경經을 외는 산 맑은 곳

고즈넉 절 뜨락엔 큰스님만 지켜 섰네

왜 하필 여길 왔는가? 화두話頭를 던지는 듯
—「회항回航」 전문

'회항'이란 귀환과도 같아서, 삶의 근원으로 돌아오는 과정을 은유하는 것이다. 비진도라는 섬으로 향하는 배 위에서 시인은 김영재 시집을 읽는다. '화답'이란 대상을 향한 애정 어린 메아리가 아닌가. 하지만 결국 섬에는 못 가고 시인은 "겁외사劫外寺"로 향하게 된다. 겁외사는 "햇살 뜨락에 모여 경經을 외는 산 맑은 곳"인데, 그곳에서 우연히 접한 큰스님을 통해 시인은 새삼스럽게 인생의 "화두話頭"를 만난다. 그리고 그곳에서 "딴에는 비워버린 척"(「눈뜨는 봄날」) 살아온 삶을 되돌아보면서 자신을 성찰한다. 어쩌면 '회항'은 바다의 섬이 아니라 자신이 가장 신성한 가치를 부여해주는 산사의 '화답'이었는지도 모른다. 그러니 시인이 돌아온 곳은 "집착의 큰 병 깨치는 푸른 절벽"(「만대루晩對樓 혹은 병산屛山」)이기도 한 셈이다. 강인순 시인이 이처럼 새로운 화두로 안착하는 '회항'의 과정을 자기발견의 은유로 채택한 것은, 삶의 구경究竟을 엿본 사람만이 가질 수 있는 원숙한 지혜 때문이었을 것이다. 그리고 그것은 나이가 들수록 점증하는 역설적 천진성의 몫이기도 할 것이다. 결국 강인순 시인은 삶에서 마주친 타자들과 화해하면서, 그것을 삶의 지혜로 추스르는 과정을 시적으로 구체화하고 있는 것이다. 그 구체화 과정은

'길'이라는 은유로 수렴되어간다.

길을 가다가 잠시 길을 잃어버리고

걸어온 길 돌아보며 허둥대며 길 찾는다

세상사 눈먼 사내는 푸념만 늘어놓고

길들라, 풍진風塵세상 몇 번씩 꼬드기지만

지상의 모든 길은 그리 만만치 않아

이승의 길모퉁이서 짐 지고 선 오늘이다
　　－「길 위에서」전문

　'길'은 삶의 과정을 함축하는 오래된 상징이다. 사람들은 그 길을 잃어버리기도 하고, 또 잘못 들어 헤매기도 하다가, 결국 길을 찾기도 한다. 시인을 지칭하는 듯한 "세상사 눈먼 사내"는, 지상의 모든 길이 그리 만만치 않다는 사실에 상도

想到하면서, "이승의 길모퉁이서 짐 지고 선 오늘"이야말로 시인 자신의 실존적 무게를 함의하는 것임을 깨달아간다. 그리고 앞으로의 삶도 가파르고 또 그만큼 소중한 것임을 발견해간다. 그래서 그가 걷는 '길'은 시인 자신이 노래했던 "사랑은 나를 버리고 너에게로 가는 길"(「겨울 아침 – 사회면」)을 한껏 연상케 해준다. 더불어 그 '길'은, 자연스럽게 '시인'으로서 걸어갈 '길'이기도 할 것이다.

궁극적으로 강인순 시인에게 시 쓰기의 길이란, 실존적 결핍과 부재를 채워가는 상상적 과정일 것이다. 말할 것도 없이, '시'가 기억을 현재형으로 되살리는 미학적인 행위라고 한다면, 강인순 시편은 오랜 물리적 경험을 구체적 감각으로 되살려 '충만한 현재형'으로 만드는 일에 골몰하고 또 그것을 성취한 사례로 높이 평가받을 만하다. 그 점에서 그의 시편은 시간의 불가역성을 거슬러 현재형을 되살리는 전형적인 세계로, 이성적 논리를 포섭하면서 동시에 그것을 넘어서는 근원적이고 원형적인 기억을 보여주는 세계로 우리에게 다가온다.

주지하듯 시조의 미학은 고전적인 것이자 민족적인 것이다. 최근 쓰이고 있는 시조들 역시 이러한 고전적이고 민족적인 동일성 원리에 원천적으로 기대고 있다. 물론 이는 시조가 고전적 정형 양식이라는 점에서 쉽게 이해되는 대목이다. 하지만 우리 시대에 빈번하게 발견되는 주체와 대상 사이의 균열에 눈을 돌리지 않음으로써 일정하게 인식과 표현의 단면성을 보이고 있다는 점은 시조의 단점으로 지적될 만하다. 이는 우리 시대의 현대시조가 치르고 있는 존재론적 명암일 것이다.

강인순 시인은 이러한 동일성 원리를 추인하면서도 다양한 서정의 계기들을 마련하고 있다는 점에서 주목할 만하다. 그렇게 그는 사물의 외관을 충실하게 묘사하면서도 거기에 자신의 삶의 태도를 덧입히고 있고, 오랜 시간을 탐구하면서도 원초적인 근원을 상상하고 있으며, 사물의 안팎에 새겨져 있는 기억의 흔적을 거스르는 방법을 통해 다양한 서정을 생성해낸다. "무릎을 탁 칠 한 구절 절창 같은"(「저녁놀」), 사물과 기억을 결속하는 존재론적 성찰의 언어를 풍요롭게 보여준 이번 시집은 그래서 더욱 가멸차고 융융하게 다가온다. 그리고 그 세계에 동참한 우리는 강인순의 다음 시집에서 더욱 심원한 통찰과 사유가 착색된 우리 정형 미학의 한 정화精華를 만나기를, 마음 모아 희원하게 되는 것이다.